對目眉吹來的風
已經毋是過去純然的海風

大湧跳舞

浮浮沉沉，手牽手一箍輪轉圍著船隻

捭出一波閣一波

搖袂停，幌袂煞的玲瑯鼓

(詩句選自〈大湧〉)

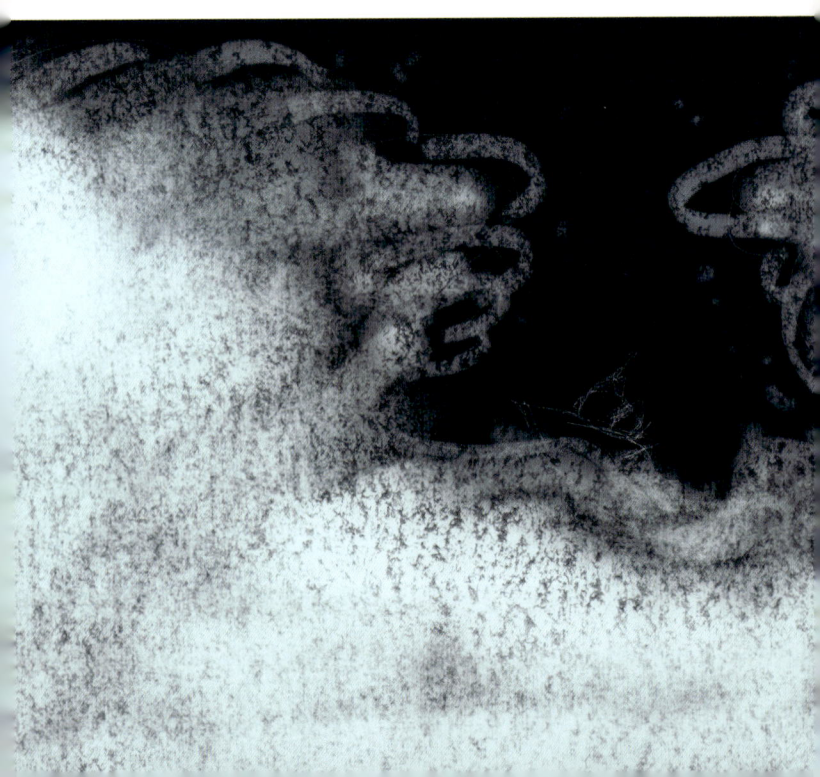

一分光　想欲反倒九分暗

靠勢海底

拍拼跙崎

拍拼發芽的日穎

（詩句選自〈日出〉）

海上四面開闊

無遮無閘

海風、日頭　佮　船隻

來去自由

（詩句選自〈無遮〉）

大龍目戽斗嘴鉸刀尾海結仔頭

藍色天星綴阮行

鮮青拍底,黃幻顯目

(詩句選自〈飛烏虎〉)

十五暝大流水

雲縫泅出月圓中天

白爍爍的水波

挺著漁船勻勻仔撕搖

（詩句選自〈十五暝〉）

海面日赤

天邊浮出一重重

金熾熾的鐵甲

遠遠一隻漁船浮踮日赤底

無聲犁過

（詩句選自〈日赤〉）

山後壁

是毋是綿綿

綿綿的青色山頭

(詩句選自〈天邊海角〉)

身懸抹天
面　睨踮雲底
長頭鬃挽著天頂烏雲遨甄

(詩句選自〈風颱〉)

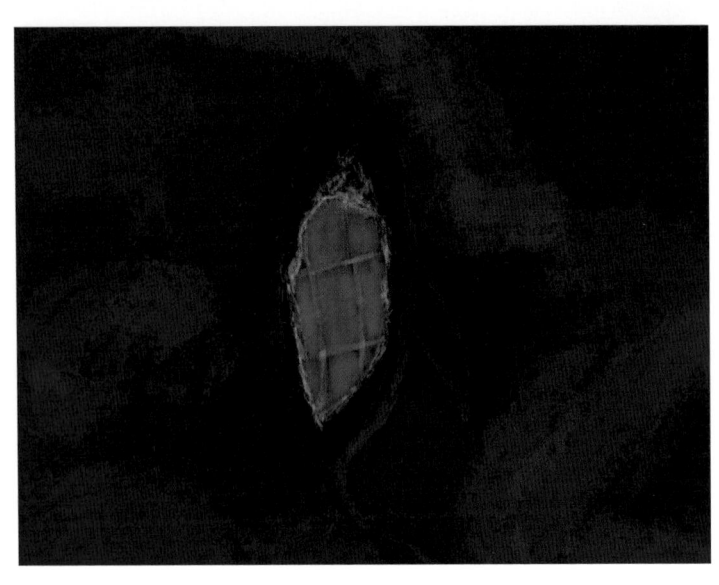

海翁綴流水泅來泅去

是咱的老厝邊

嘛是咱大海中的一座座

浮島

(詩句選自〈浮島〉)

天神和海神全身
頂半身捅出水面
伊攑頭迵雲
看天頂的風雲變化

(詩句選自〈海面〉)

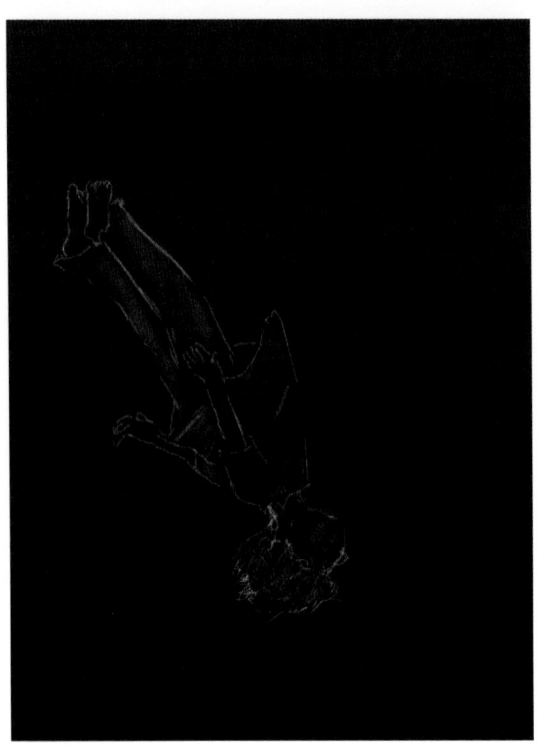

嗽著水

毋過

海水軟略

無靠傷

無摖傷

（詩句選自〈沉底〉）

兩爿所有的差別
海面摸一逝彎彎曲曲的流巡
相合界

（詩句選自〈流巡〉）

天袂光我徛踮駕駛台

額頭靠佇窗前

等待天光

等待今仔日欲倚靠的岸

(詩句選自〈上岸〉)

假尾若裙　長鰭若大槳搖櫓

　　動作浪漫

　　形體古錐

（詩句選自〈魚樞〉）

風流若相犯

風狂對衝掔流

刷過我的面,搦著你的身

摸摸搦搦

(詩句選自〈風流〉)

魚仔覷佇目睭看袂著的

水面下

討海只好用想的

個佇佗位?

(詩句選自〈等〉)

天暗了後,真濟種魚仔

對深海浮起來淺海

毋是無愛深海稀微的冷清

為著討食

佮浮起來淺海食暝流

(詩句選自〈暝流〉)

對天頂攕落海面
佮飛佇水面的飛烏
佮水底泅的飛烏虎
比速度

〈詩句選自〈飛烏鳥〉〉

青青彼座山重重疊疊
銅牆鐵壁南北四百公里
罕得挂著遮爾懸
遮爾勇壯的島嶼

(詩句選自〈慢落來〉)

你沬跍水底

知影我開船經過

想欲探頭拍招呼

嘛想欲佮我覗相揣

（詩句選自〈期待〉）

幾若擺眩船覆佇船坮生嘔
不如死較快活
幾若擺舵公看袂過搖頭講我
啊,行毋知路
行討海這途

(詩句選自〈選擇〉)

天邊的目眉

廖鴻基

感受我們的海

自序

六月底，暑夏開鑼，清晨時分朋友開車送我去車站搭車，這天西南氣流旺盛，起了風，路樹隨風搖擺。我隨興用台語唸了句：「風共樹椏抐頭鬃。」朋友覺得有意思，請我繼續。於是朗朗唸完這首形容風吹樹搖的台語詩：

〈抐頭鬃〉
〈Luáh thâu-tsang〉

風是樹椏的柴梳
Hong sī tshiū-ue ê tshâ-se
透早就請伊來抐頭鬃
Thàu-tsá tō tshiánn i lâi luáh thâu-tsang
風若溫馴
Hong nā un-sûn
青青的頭鬃搖來閣搖去
Tshinn tshinn ê thâu-tsang iô-lâi koh iô-khì
風若透
Hong nā thàu
黃色的頭毛抐甲規土跤
Ñg-sik ê thâu-moo luáh kah kui thôo-kha

朋友稱讚我唸讀好聽,又問:「海上生活這麼多年,何不試試以海洋為主題的台語詩?」

也是,海上來去三十多年,年輕時討海,海上尋鯨工作也持續了二、三十年,搭過遠洋漁船和貨櫃船遠航,過去以散文、小說書寫海上生活情景,以台語詩來表達算是新的嘗試。

海上生活,特別是漁業,台語是台灣漁船甲板上的主要語言。討海人是海上第一線勞動者,引擎聲、風聲影響,他們講話習慣音量大;又漁撈環境人與船渺如滄海一粟,拚風浪、拚魚獲,風險相隨,他們的用語勢必要清楚、簡單、明確。特別老一代討海人,他們在海上耕耘了大半輩子,語言粗獷豪邁自成一格,形成台灣極其特殊的討海語言。

這一代的他們,上了年紀並快速凋零。他們見證了台灣沿近海漁業的興衰,經歷了漁具、漁法大幅更替而漁獲量攀高後直線下滑的動盪年代。不幸中的小運氣,下坡尾聲中我參與了他們一段。興衰更迭、年代嬗遞,產業的式微是遺憾,語言文化的消失則是島國社會無可挽回的損失。

朋友的建議,聽進去了。於是有了這冊台語海洋詩的構想。自覺台語散文或台語小說還功力

不足，海洋台語詩或許值得試試。

有了初步構想後，設定五十首為目標。有時在車上，有時在海上，有機會、有念頭，便試著一句句、一首首累積。

沒想到，還不到年尾（比預期提早）達成目標。沒有台語寫作經驗，又半年期間匆匆湊數，心裡明白這五十首海洋詩必須回頭大幅修改。

小時候母親工作忙，很多時候是阿媽帶著，台語是阿媽的語言，儘管那年代上學講台語會被老師處罰，但至少放學回家是使用台語。阿媽脾氣不好，罵人的台語粗獷又道地。這些台語經驗讓我具備寫作這冊台語詩的基本能力。

詩集中每一首詩的創作過程，都是腦子裡先有音再回到桌面上找字。幸好網路年代，上網以音找字還算方便。但仍然有些音找不到合適的字，或者因為地區性習慣用語或腔調不同，特別是老一代的討海人用語，只好大膽使用自己認為的漢字來填充。

也幸好有幾位朋友是台語專業，給我許多建議和協助。

也知道，用漢字表達的台語詩，恐怕十個有九

個看不懂,因而必要在每首詩附加一些注釋來說明。也請懂台語的朋友幫忙,書中輔以羅馬音來呈現整首詩。也附上每首詩的朗讀錄音檔為聽讀輔助。

感謝Mina、陳妙如在文字及羅馬音上的大力協助,感謝Olbee的插畫為詩集增色。期待更多讀者能從這本詩作中感受我們的海,以及台灣海上工作者長年耕耘這片海累積留下的海洋文化。

目次 · 朗誦

自序 / 27

大湧 / 36
放零 / 38
線索 / 40
日出 / 42
天邊的目眉 / 44
二沿流 / 46
無遮 / 48
飛烏虎 / 50
拋碇 / 52
相黏 / 54

著時 / 56
十五暝 / 58
日赤 / 60
靜 / 62
天邊海角 / 64
毋知 / 66
歇畫 / 68
風颱 / 70
好穡 / 72
行船 / 74

浮島 / 76

海面 / 78

弄湧跤 / 80

冷底 / 82

遠 / 84

厚變化 / 86

沉底 / 88

放流 / 90

海尾 / 92

相約 / 94

油鯃 / 96

流巡 / 98

上岸 / 100

循山 / 102

魚櫼 / 104

風流 / 106

等 / 108

袂按算 / 110

飛烏 / 112

寄話 / 114

風颱的頭鬃 / 116

暝流 / 118

歇睏 / 120

混群 / 122

經過 / 124

飛烏鳥 / 126

慢落來 / 128

期待 / 130

選擇 / 132

遠航 / 134

Thinn-pinn ê ba̍k-bâi

Liāu hông ki

大湧

大湧弄龍*
弄懸弄低　弄出一尾　拍翹的水龍

大湧跳舞
浮浮沉沉，手牽手一箍輪轉圍著船隻
捯出一波閣一波
搖袂停，幌袂煞的玲瑯鼓*

大湧造山
湧據　風揀　拚輸贏
激出水面一稜稜懸懸低低的山崙

大湧擋路
船頭受湧使弄
有時攑頭望天
有時犁頭犁湧*

大湧凌治
船頂倚袂在　坐袂穩
睏袂去

驚驚膽膽
盤過一湧袂輸通過一劫
一湧過一湧
港喙口猶原茫茫渺渺
毋知踮佇天邊佗位

*
弄龍——舞龍。
玲瑯鼓—波浪舞。
犁湧——形容船隻耕田一樣
　　　　翻掘水浪。

Tuā-íng

Tuā-íng lāng liông
Lāng kuân lāng kē lāng tshut tsit-bué phah-phún ê tsuí-liông

Tuā-íng thiàu-bú
Phû-phû-tîm-tîm, tshiú-khan-tshiú tsit-khoo-lián-tńg uî tiòh tsûn-tsiah
Hàinn tshut tsit-pho koh tsit-pho
Iô buē thîng, hàinn buē suah ê lin-long-kóo

Tuā-íng tsō suann
Íng lu hong sak piànn-su-iânn
Kik tshut tsuí-bīn tsit-lîng-lîng kuân-kuân-kē-kē ê suann-lûn

Tuā-íng tòng lōo
Tsûn-thâu siū íng sái-lāng
Ū-sî giảh-thâu bāng thinn
Ū-sî lê-thâu lê íng

Tuā-íng lîng-tī
Tsûn-tíng khiā-bē-tsāi tsē-bē-ún
Khùn-bē-khì

Kiann-kiann tám-tám
Puânn kuè tsit-íng bē-su thong-kuè tsit-kiap
Tsit-íng kuè tsit-íng
Káng-tshuì-kháu iu-guân bông-bông-biáu-biáu
M̄-tsai tiàm tī thinn-pinn tó-uī

放罟*

點燈酉*起灶
催俥東南勢趨趨出去
滿載的漁網像流水
對船舷相牽趁落去黑暗的水底

離岸漸遠
越頭埔仔頂柑仔色的路燈彎曲排列
浮佇湧頭
袂輸廟埕做醮時規排的鼓仔燈*

外口風大流透
規座掃罟*予流水捾咧蜕

毋知下暗罟會著
幾分希望

*
放罟——討海人用語，指放網。
點燈酉—指酉時，傍晚五點至七點。
鼓仔燈—燈籠。
掃罟——討海人用語，指流刺網。

刺網捕魚原理是讓魚隻因為看不見而不小心刺纏在網目上，因此放網船常在天暗刹那起跑。流刺網沒有支點固定，施放後整座網隨海流漂盪。流刺網一條線撒下，離岸較遠的那端會比近岸這端流得快，因此船隻放網會東南向由內而外斜斜放網。

Pàng-lîng

Tiám ting-iú khí-tsàu
Tshui tshia tang-lâm-sì tshu-tshu tshut-khì
Buán-tsài ê hî-bāng tshiūnn lâu-tsuí
Tuì tsûn-bué sio-khan sô-lȯh-khì oo-àm ê tsuí-té

Lî huānn tsiām hn̄g
Uat-thâu poo-á-tíng kam-á-sik ê lōo-ting uan-khiau pâi-liat
Phû tī íng-thâu
Bē-su biō-tiânn tsò-tsiò sî kui-pâi ê kóo-á-ting

Guā-kháu hong tuā lâu thàu
Kui-tsō sàu-lîng hōo lâu-tsuí kuānn leh sėh

M̄-tsai ing-àm koo ē tiȯh
Kuí-hun hi-bāng

線索

茫茫海面行船規工走揣海翁*海豬仔*
逐家目睭金熾熾
若炤火燈*掃射水面

嘛有人攑著萬里鏡*
斟酌每一波、每一湧
想欲反揣湧聳*皺紋底暗藏的花蕊

水面下
海翁海豬仔看著船隻白波犁過
躊躇船隻的動靜
臆這隻船是好意抑是歹意
參詳是毋是現出線索
予伵揣著
予伵來倚近

*
海翁——鯨魚。
海豬仔—海豚。
炤火燈—探照燈。
萬里鏡—望遠鏡。
湧聳——討海人用語,指湧浪。

40

Suànn-soh

Bông-bông hái-bīn kiân-tsûn kui-kang tsáu-tshuē hái-ang
hái-ti-á
Ta̍k-ke ba̍k-tsiu kim-sih-sih
Ná tshiō-hué-ting sàu-siā tsuí-bīn

Mā ū-lâng gia̍h-tio̍h bān-lí-kiànn
Tsim-tsiok muí tsi̍t pho, muí tsi̍t íng
Siūnn-beh píng-tshuē íng-sōng jiâu-bûn-té àm-tshàng ê hue-luí

Tsuí-bīn-ē
Hái-ang hái-ti-á khuànn-tio̍h tsûn-tsiah pe̍h-pho lê-kuè
Tiû-tû tsûn-tsiah ê tōng-tsīng
Io̍h tsit-tsiah-tsûn sī hó-ì ia̍h-sī pháinn-ì
Tsham-siông sī-m̄-sī hiàn-tshut suànn-soh
Hōo in tshuē-tio̍h
Hōo in lâi uah-kīn

日出

日出的種子浸佇海底發穎
目一瞬,天色拍殕*

一分光　想欲反倒九分暗
靠勢海底
拍拼跙崎
拍拼發芽的日穎

天光若流掣*
無越頭　袂擋定
等甲烏紅的日
水面捅頭
燃著天邊的柴雲
火燒海面

*
拍殕——討海人用語,指破曉時黑暗天際裂出灰色。
流掣——討海人用語,指湍急的海流。

Jit-tshut

Jit-tshut ê tsíng-tsí tsìm tī hái-té puh-ínn
Ba̍k tsi̍t-nih, thinn-sik phah-phú

Tsit-hun kng siūnn-beh píng-tó káu-hun àm
Khò-sè hái-té
Phah-phìng peh-kiā
Phah-phìng puh-gê ê jit-ínn

Thinn-kng nā lâu-tshuah
Bô ua̍t-thâu bē tòng-tiānn
Tán kah pû-âng ê jit
Tsuí-bīn thóng-thâu
Hiânn-tio̍h thinn-pinn ê tshâ-hûn
Hué sio hái-bīn

天邊的目眉

殕仔光拍開天地烏暗
目睭四海走揣目眉
兩個外月大海行船
海水滿滇的目箍強欲袂記岸邊的目眉

岸,像一橛烏色的目眉浮踮天邊
漂浪了後一橛穩定的岸埔

我走出去駕駛台邊仔的船橋
金金睨著彼橛目眉毋敢瞌目
驚伊雺霧消散
驚伊變作是浮佇水面的雲影

天色愈光,目眉愈粗
船隻漸漸倚近
一直到目眉面頂生出起落的山崙
我規身軀慄掣
對目眉吹來的風
已經毋是過去純然的海風

長時間航行後渴望看見陸地,確定是陸地的那一刻,全身發抖,感覺到迎面吹來的風,已經不再是過去溼鹹的海風。

Thinn-pinn ê bák-bâi

Phú-á-kng phah-khui thinn-tē oo-àm
Bák-tsiu sù-hái tsáu-tshuē bák-bâi
Nn̄g-kò-guā-guéh tuā-hái kiânn-tsûn
Hái-tsuí buán-tīnn ê bák-khoo kiōng-beh bē-kì huānn-pinn ê
bák-bâi

Huānn, tshiūnn tsit-kuéh oo-sik ê bák-bâi phû tiàm thinn-pinn
Phiau-lōng liáu-āu tsit-kuéh ún-tīng ê huānn-poo

Guá tsáu-tshut-khì kà-sú-tâi pinn--á ê tsûn-kiô
Kim-kim gîn tióh hit kuéh bák-bâi m̄-kánn nih-bák
Kiann i bông-bū siau-sàn
Kiann i piàn-tsoh sī phû tī tsuí-bīn ê hûn-iánn

Thinn-sik jú-kng, bák-bâi jú-tshoo
Tsûn-tsiah tsiām-tsiām uá-kīn
It-tit kàu bák-bâi bīn-tíng senn-tshut khí-lóh ê suann-lûn
Guá kui-sin-khu lák-tshuah
Tuì bák-bâi tshue-lâi ê hong
It-king m̄-sī kuè-khì sûn-jiân ê hái-hong

二沿流*

無欲爭大細
無計較誰較有出頭
毋是倚踮岸邊　嘛毋是流過天邊
阮挾佇烏流*佮白流*中間
雙面受影響
深淺拄好
水色半清半濁
比烏流清冷　比白流燒烙
有時枯流*有時南流*
有時流底*有時流皮*
魚仔佮漁船
定定入來阮二沿流歇睏佮討食

*
二沿流—指黑潮和沿岸流之間的水域。
烏流——水色偏暗的黑潮。
白流——水質混濁水色偏淡的沿岸流。
枯流——由北而南的海流。
南流——由南而北的海流。
流底——較深的水流。
流皮——海面附近的水表流。

Jī-iân-lâu

Bô-beh tsenn tuā-sè
Bô kè-kàu siánn khah ū tshut-thâu
M̄-sī uá tiàm huānn-pinn mā m̄-sī lâu-kuè thinn-pinn
Guán giap tī oo-lâu kah peh-lâu tiong-kan
Siang-bīn siū íng-hióng
Tshim-tshián tú-hó
Tsuí-sik puànn-tshing-puànn-lô
Pí oo-lâu tshing-líng pí peh-lâu sio-lō
Ū-sî koo-lâu ū-sî lâm-lâu
Ū sî lâu-té ū-sî lâu-phuê
Hî-á kah hî-tsûn
Tiānn-tiānn jip-lâi guán jī-iân-lâu hioh-khùn kah thó-tsiah

無遮

海上四面開闊
無遮無閘
海風、日頭　佮　船隻
來去自由

風若狡怪,攔波鬥湧
船隻起落捙搖
捙盤反

無風無搖的日子若七月半掠塗魠*
畢竟少數

熱底火燒埔*
水面若鏡
日頭兩面曝
無底閃　無底遮
海面著火燒
魚仔沬深底

*
塗魠———鰆魚,是春天洄游來到的魚。
火燒埔——六、七月暑夏,討海人形容六月火燒埔。

夏季是討海小月,討海人說魚怕曬躲進深海。

Bô jia

Hái-siōng sì-bīn khui-khuah
Bô jia bô tsảh
Hái-hong, jit-thâu kah tsûn-tsiah
Lâi-khì tsū-iû

Hong nā káu-kuài, giảh pho tàu íng
Tsûn-tsiah khí-lỏh hián-iô
Tshia-puânn-píng

Bô-hong-bô-iô ê jit-tsí ná tshit-guẻh-puànn liảh thôo-thuh
Pit-kìng tsió-sòo

Jiảt-té hué-sio-poo
Tsuí-bīn ná kiànn
Jit-thâu nn̄g-bīn phảk
Bô-té-siám bô-té-jia
Hái-bīn tiỏh-hué-sio
Hî-á bī tshim-té

飛烏虎*

大龍目戽斗嘴鉸刀尾海結仔頭*
藍色天星綴阮行
鮮青拍底，黃幻顯目
愛跳、愛傱
看袂慣勢比我較聳鬚
比我較白目的飛烏*

歹看面，歹性地，風神氣
毋過，阮疼惜牽手
真用心
讓伊食、陪伊跳、陪伊摔
陪伊到船邊
陪伊到
盡尾

---

*
飛烏虎──鬼頭刀，善於追獵飛魚，常成對出沒，公魚會讓食母魚，母魚若上鉤，公魚會陪著在海面翻跳。
海結仔頭──西裝頭。
飛烏───飛魚。

pue-oo hóo

Tuā-liông-bȧk hòo-táu-tshuì ka-to-bué hái-kat-á-thâu
Nâ-sik thinn-tshinn tuè gún kiânn
Tshinn-tshenn phah-té, n̂g-huân hiánn-bȧk
Ài thiàu, ài tsông
Khuànn bē kuàn-sì pí guá khah tshàng-tshiu
Pí guá khah pȩ̇h-bȧk ê pue-oo

Pháinn-khuànn-bīn, pháinn-sìng-tē, hong-sîn-khuì
M̄-koh, guán thiànn-sioh khan-tshiú
Tsin iōng-sim
Niū i tsiȧh, puê i thiàu, puê i siak
Puê i kàu tsûn-pinn
Puê i kàu
Tsīn-bué

拋碇

出了港喙
船尾放一條無形的線索　落底
當作碇,記持轉來的路

船頭一路望西
日頭對船尾逐到船頭
逐到黃昏的日頭沉落去船頭前紅霞滿天的水面

日子像船邊經過的流水
船尾彼條碇索
愈摸愈長
愈牽愈幼

我逐工來巡船尾
恐驚彼條比你頭鬃較幼的碇絲
堪袂起漫漫航程的拖磨

一直等到船隻越頭
我傱去船尾
摸著彼條賰一口氣的碇絲

船頭逐著日出
我佇船尾收線
一手閣一手
一寸閣一寸回收出航時
一路放落去佮你相牽的絲線

形容遠航時對家鄉的思念。

Pha-tiānn

Tshut-liáu káng-tshuì
Tsûn-bué pàng tsit-tiâu bô-hîng ê suànn-soh lỏh té
Tòng-tsò tiānn, kì-tî tńg-lâi ê lōo

Tsûn-thâu tsit-lōo bāng sai
Jit-thâu tuì tsûn-bué jik-kàu tsûn-thâu
Jik kàu hông-hun ê jit-thâu tîm-lỏh khì tsûn-thâu-tsîng âng-hâ buánn thinn ê tsuí-bīn

Jit-tsí tshiūnn tsûn-pinn king-kuè ê lâu-tsuí
Tsûn-bué hit-tiâu tiānn-soh
Lú giú lú tn̂g
Lú khan lú iù

Guá tảk-kang lâi sûn tsûn-bué
Khióng-kiann hit-tiâu pí lí thâu-tsang khah iù ê tiānn-si
Kham-bē-khí bān-bān phâng-tîng ê thua-buâ

It-tit tán-kàu tsûn-tsiah uảt-thâu
Guá tsông-khì tsûn-bué
Kiú tiỏh hit tiâu tshun tsit-kháu-khuì ê tiānn-si

Tsûn-thâu jik-tiỏh jit-tshut
Guá tī tsûn-bué siu-suànn
Tsit-tshiú koh tsit-tshiú
Tsit-tshùn koh tsit-tshùn huê-siu tshut-phâng sî
Tsit-lōo pàng-lỏh-khì kah lí sio-khan ê si-suànn

相黏

落海嘛欲共你並蒂相黏
海湧沉沉
揀阮遠離故鄉的山崙

落海嘛欲佮你相連相結
海湧浮浮
一面是日頭的燄
一面是海水的冷

他鄉並無咱深根的所在
一半風沙來刮
一半土水來爛

咱親像連體嬰仔
無論偌久　無論偌遠
嘛欲共你並蒂相黏

出國工作，在南洋海邊看到兩顆並蒂相連的椰子從外海漂到岸邊擱淺，想念起家鄉。

Sio-liâm

Lo̍h-hái mā beh kāng lí pīng-tì sio-liâm
Hái-íng tîm-tîm
Sak gún uán-lî kòo-hiong ê suann-lûn

Lo̍h-hái mā beh kah lí sio-liân sio-kat
Hái-íng phû-phû
Tsi̍t-bīn sī ji̍t-thâu ê iām
Tsi̍t-bīn sī hái-tsuí ê líng

Thann-hiong pīng bô lán tshim-kin ê sóo-tsāi
Tsi̍t-puànn hong-sua lâi kuah
Tsi̍t-puànn thóo-tsuí lâi nuā

Lán tshin-tshiūnn liân-thé-inn-á
Bô-lūn guā-kú bô-lūn guā-hn̄g
Mā beh kāng lí pīng-tì sio-liâm

著時

無仝款的時　　無仝款的風　　無仝款的寒熱
花若著時，蜜蜂圍咧營營飛

無仝款的雨水　　無仝款長短佮溫度的日曝
果子若著時，飽水閣甘甜

無仝款的時機　　無仝款的運命
人若著時，緣投仔嬌閣有才情

無仝款的湧　　佮　　無仝款的流
無仝款的時序
魚若著時
肥軟閣厚油臊

魚在交配季節肉質含油量高。

Tio̍h-sî

Bô-kāng-khuán ê sî bô-kāng-khuán ê hong bô-kāng-khuán ê kuânn-jia̍t
Hue nā tio̍h-sî, bi̍t-phang uî leh iânn-iânn-pue

Bô-kāng-khuán ê hōo-tsuí bô-kāng-khuán tn̂g-té kah un-tōo ê ji̍t-pha̍k
Kué-tsí nā tio̍h-sî, pá-tsuí koh kam-tinn

Bô-kāng-khuán ê sî-ki bô-kāng-khuán ê ūn-miā
Lâng nā tio̍h-sî, iân-tâu-á-suí koh ū-tsâi-tsîng

Bô-kāng-khuán ê íng kah bô-kāng-khuán ê lâu
Bô-kāng-khuán ê sî-sū
hî nā tio̍h-sî
puî-nńg koh kāu-iû-tsho

十五暝

十五暝大流水*
雲縫泅出月圓中天
白爍爍的水波
挺著漁船勻勻仔捵搖
魚仔沬深底
無閣食餌

船腹內一波波有聲無餒的沏沏水聲

船長吩咐
曝月光會過流*
盆面*魚鮮趕緊收落艙底

月色冷清
空氣中四界掖著曖昧的銀粉

*
大流水──討海人指鄰近農曆十五滿月時的大潮汐。
過流──對比最新鮮的魚獲「現流仔」，過流意指不新鮮或腐敗。
盆面──討海人稱甲板為盆面。

Tsa̍p-gōo-mê

Tsa̍p-gōo-mê tuā-lâo-tsuí
Hûn-phāng siû-tshut gue̍h-înn tiong-thinn
Pe̍h-sih-sih ê tsuí-pho
Thánn tio̍h hî-tsûn ûn-ûn-á hàinn-iô
Hî-á bī tshim-té
Bô koh tsia̍h jī

Tsûn-pak-lāi tsi̍t-pho-pho ū-siann bô-nē ê tshia̍k-tshiak tsuí-siann

Tsûn-tiúnn huan-hù
Pha̍k gue̍h-kng ē kuè-lâu
Phûn-bīn hî-tshinn kuánn-kín siu-lo̍h tshng-té

Gue̍h-sik líng-tshing
Khong-khì-tiòng sì-kè iā-tio̍h ài-māi ê gîn-hún

日赤*

南風透過中晝
南風湧龜* 三角六曲
一直到日頭向西
海面日赤
天邊浮出一重重
金熾熾的鐵甲
遠遠一隻漁船浮踮日赤底
無聲犁過

*
日赤 ———— 討海人用語，指陽光斜射時，海面金光閃閃。
南風湧龜—— 討海人用語，稱顛簸且不規則的南風浪。

Jit-tshiah

Lâm-hong thàu-kuè tiong-tàu
Lâm-hong íng-ku sann-kak-la̍k-khiau
It-tit kàu jit-thâu ǹg sai
Hái-bīn jit-tshiah
Thinn-pinn phû-tshut tsit-tîng-tîng
Kim-sih-sih ê thih-kah
Hn̄g-hn̄g tsit-tsiah hî-tsûn phû tiàm jit-tshiah-té
Bô-siann lê--kuè

靜

沬*落水面
耳空*底鬧熱滾滾
聽著的　比　看著的　較濟
聲音若像米粒
一粒粒踮耳鏡*頂趒跳
毋知誰咧出聲

講話？
冤家？抑是警告？

因為聽無
因為無牽礙

這个世界
真鬧熱
嘛真恬靜

*
沬——潛。
耳空—耳朵。
耳鏡—耳膜。

Tsīng

Bī-lȯh tsuí-bīn
Hīnn-khang-té lāu-jia̍t-kún-kún
Thiann-tio̍h-ê pí khuànn-tio̍h-ê khah tsē
Siann-im ná-tshiūnn bí-lia̍p
Tsi̍t-lia̍p-lia̍p tiàm hīnn-kiànn-tíng tiô-thiàu
M̄-tsai siáng leh tshut-siann

Kóng-uē?
Uan-ke? Ia̍h-sī kíng-kò?

In-uī thiann-bô
In-uī bô-khan-gāi

Tsit ê sè-kài
Tsin lāu-jia̍t
Mā tsin tiām-tsīng

天邊海角

一爿山,一爿海
攑頭山頂尾溜*
山後壁
是毋是綿綿
綿綿的青色山頭

海垀仔看海
日出　抑是　日落
天邊彼條線的後壁
的後壁
是毋是有一座
無人所到的
島嶼

Thinn-pinn hái-kak

Tsit-pîng suann, tsit-pîng hái
Giảh-thâu suann-tíng-bué-liu
Suann āu-piah
Sī-m̄-sī mî-mî
Mî-mî ê tshinn-sik suann-thâu

Hái-kînn-á khuànn hái
Jit-tshut iảh-sī jit-lỏh
Thinn-pinn hit-tiâu suànn ê āu-piah
ê āu-piah
Sī-m̄-sī ū tsit-tsō
Bô-lâng-sóo-kàu ê
Tó-sū

毋知

地動了風颱煞
恁集規陣遠遠浮踮湧頭
船隻略略仔倚近
親像拍生驚的草蜢仔
規陣飛　四界傱

毋知恁是誰
毋知恁的名

揣著食物？
大海茫茫相拄有緣？
抑是聚會討論這擺的地動佮風颱

毋知有揣著紲落去的方向
毋知有食飽無

地震颱風後遇見大群水鳥海面聚集。

M̄-tsai

Tē-tāng liáu hong-thai suah
Lín tsi̍k-kui-tīn hn̄g-hn̄g phû tiàm íng-thâu
Tsûn-tsiah lio̍h-lio̍h-á uá-kīn
Tshinn-tshiūnn phah-tshenn-kiann ê tsháu-meh-á
Kui-tīn pue sì-kè tsông

M̄-tsai lín sī siáng
M̄-tsai lín ê miâ

Tshuē-tio̍h si̍t-bu̍t?
Tuā-hái bông-bông sio-tú ū-iân?
Ia̍h-sī tsū-huē thó-lūn tsit-pái ê tē-tāng kah hong-thai

M̄-tsai ū tshuē-tio̍h suà-lo̍h-khì ê hong-hiòng
M̄-tsai ū tsia̍h-pá bô

歇畫

鏢船歇畫放流飛風*
船長吩咐,煮煮來食

艙底揀一尾有疵缺的煙仔*
煮一生鍋魚麵
食粗飽

北風漸透
水面起皺紋
湧聳深崁起落
風勢推挾
船堍敨身
船長望風看湧
雄雄徛起來講

收收咧
丁挽*欲浮啊

*
放流飛風─討海人用語,船隻怠速漂流狀態。
煙仔————鰹魚。
丁挽————白肉旗魚。

鏢旗魚須要等風,風強浪大旗魚才會浮出海面。

Hioh-tàu

Pio-tsûn hioh-tàu pang-lâo pue-hong
Tsûn-tiúnn huan-hù, tsú-tsú lâi tsiảh

Tshng-té kíng tsit-bué ū khì-khuat ê ian-á
Tsú it-sing-ue hî-mī
Tsiảh-tshoo-pá

Pak-hong tsiām thàu
Tsuí-bīn khí jiâu-bûn
Íng sòng tshim khàm khí lỏh
Hong-sè thui-sak
Tsûn-kînn khi-sin
Tsûn-tiúnn bang-hong khuànn-íng
Hiông-hiông khiā-khí-lâi kóng

Siu-siu-leh
Ting-bán beh phû--ah

風颱

身懸抺天
面　覘踮雲底
長頭鬃挽著天頂烏雲遨翅
雙手捾著闊莽莽的水裙
行佇海面拍箍輾轉

知影性命短短
那著顧慮　方向　佮　目標
天邊海角
烏白行

Hong-thai

Sin-kuân tu thinn
Bīn bih tiàm hûn té
Tn̂g-thâu-tsang bán tiỏh thinn-tíng oo-hûn gô-sẻh
Siang-tshiú kuānn tiỏh khuah-bóng-bóng ê tsuí-kûn
Kiânn tī hái-bīn phah-khoo-liàn-tńg

Tsai-iánn sènn-miā té-té
Ná tiỏh kòo-lū hong-hiòng kah bỏk-piau
Thinn-pinn hái-kak
Oo-pẻh kiânn

好穗

流水像沙漏
魚群抾時倚岸來討食
討海人共希望放落海底

一流*過一流
掠無四常
閘著算好運

魚仔歸陣通過沙漏
真緊著欲來離開

掠好掠穗
吐一聲大氣
這逝海*
已經行到海尾*

*
一流──討海人用語,指出海一趟作業。
這逝海──這一趟魚季。
海尾──討海人用語,指漁季結束。

Hó-bái

Lâo-tsuí tshiūnn sua-lāu
Hî-kûn khioh-sî uá huānn lâi thó-tsiah
Thó-hái-lâng kā hi-bāng pàng-loh hái-té

Tsit-lâu kuè tsit-lâu
Liah bô sù-siông
Tsah tioh sǹg hó-ūn

Hî-á kui-tīn thong-kuè sua-lāu
Tsin-kín tioh beh lâi lî-khui

Liah hó liah bái
Thòo tsit-siann tuā-khuì
Tsit-tsuā hái
Í-king kiânn kàu hái-bué

行船

出了港喙,規海白綿綿
大湧行船
順風順流　駛露尾*
若山的湧聳,扛著船尾趨落山䆟
船頭犁犁慄掣
強欲插湧*

跫翻頭
摺風摺湧　駛正頭*
船頭攑懸挵湧、摔湧
水霧搦著風勢對船頭摔到船尾
潑甲規身軀

*
駛露尾──討海人用語,指順風航行。
插湧───討海人用語,指船尖刺入湧浪裡。
駛正頭──討海人用語,指逆風航行。

Kiânn-tsûn

Tshut liáu káng-tshuì, kui hái pėh-mî-mî
Tuā-íng kiânn-tsûn
Sūn-hong sūn-lâu sái lâu-bué
Ná suann ê íng-sōng, kng tiỏh tsûn-bué tshu lỏh suann-kha
Tsûn-thâu lê-lê lȧk-tshuah
kiōng-beh tshah-íng

Sėh huan-thâu
Tsìnn-hong tsìnn-íng sái tsiànn-thâu
Tsûn-thâu giȧh-kuân lāng-íng，siàng-íng
Tsuí-bū lȧk-tiỏh hong-sè tuì tsûn-thâu siàng kàu tsûn-bué
Phuah kah kui-sin-khu

浮島

大海深崁無底
流水若風　來來去去
海翁綴流
三不五時倚岸

大海深崁無島
古早人講
海翁的尻脊骿*有塗肉*嘛有田園
閣有一窟噴水池

海翁綴流水泅來泅去
是咱的老厝邊
嘛是咱大海中的一座座
浮島

*
尻脊骿──背部。
塗肉───有厚度的泥沙。

Phû-tó

Tuā-hái tshim-khàm bô té
Lâu-tsuí ná hong lâi-lâi-khì-khì
Hái-ang tuè lâu
Sam-put-gōo-sî uá huānn

Tuā-hái tshim-khàm bô tó
Kóo-tsá-lâng kóng
Hái-ang ê kha-tsiah-phiann ū thôo-bah mā-ū tshân-hn̂g
Koh ū tsit-khut phùn-tsuí-tî

Hái-ang tuè lâu-tsuí siû-lâi-siû-khì
Sī lán ê lāu-tshù-pinn
Mā sī lán tuā-hái-tiong ê tsit-tsō-tsō
Phû-tó

海面

薄薄一沿
隔開

頂懸風咧吹,下斗水那流

翼仔攃風,尾叉*搧水
鳥食風,魚食流*

這个所在
天神和海神仝身
頂半身捅出水面
伊攑頭迥雲
看天頂的風雲變化
伊下半身潦佇海底
看顧躡佇水面下所有的水族

有時嘛會斟酌著
海面經過的船隻

*
尾叉——尾鰭。
魚食流——意指魚隻藉水流活動。

Hái-bīn

Pȯh-pȯh tsit iân
Keh khui

Tíng-kuân hong teh tshue, ē-pîng tsuí ná lâu

Sit-á iȧt-hong, bué-tshe siàn tsuí
Tsiáu tsiȧh hong, hî tsiȧh lâu

Tsit-ê sóo-tsāi
Thinn-sîn ham hái-sîn kāng-sin
Tíng-puànn-sin thóng-tshut tsuí-bīn
I giȧh-thâu thàng hûn
Khuànn thinn-tíng ê hong-hûn piàn-huà
I ē-puànn-sin liâu tī hái-té
Khuànn-kòo tuà tī tsuí-bīn-ē sóo-ū ê tsuí-tsȯk

Ū-sî mā-ē tsim-tsiok tiȯh
Hái-bīn king-kuè ê tsûn-tsiah

弄湧跤*

天頂白雲牽絲
水面堅油*
知影你咧倚近

風底燒烙
紅霞燒迵天
知影你已經來到門跤口

阮的靠山懸拄天
聞著你躊躇的跤步
想欲直接跍起來拵門
嘛想講　甦過就好

有心無意
只好遍踮岸邊
弄起一波波
懸懸的湧跤

*
弄湧跤———————討海人用語，指颱風接近時襲岸的長浪。
白雲牽絲，水面堅油—老討海人用語，表示風暴接近。

Lāng íng-kha

Thinn-tíng pe̍h-hûn khan-si
Tsuí-bīn kian-iû
Tsai-iánn lí teh uá-kīn

Hong-té sio-lo̍h
Âng-hê sio-thàng-thinn
Tsai-iánn lí í-king lâi-kàu mn̂g-kha-kháu

Gún ê khò-suann kuân-tú-thinn
Tsa̍h tio̍h lí tiû-tû ê kha-pōo
Siūnn-beh tit-tsiap peh-khí-lâi lòng mn̂g
Mā siūnn-kóng se̍h kuè tō hó

Ū-sim bô-ì
Tsí-hó u̍t tiàm huānn-pinn
Lāng-khí tsit-pho-pho
Kuân-kuân ê íng-kha

冷底＊

北風起
溫度落樓梯
若像滲過冰的海風
四界軁縫　走找船頂所有的空縫
呼噓仔

南爿來的烏流
記持南部燒熱的日頭
含著熱帶的燒烙
來到北風冷底的所在

水面寒　水底溫暖

船頭犁湧，一陣陣
潑起來盆面
略略仔溫暖著討海人
無地覓的寒冷

＊
冷底———討海人用語，特別指年底的大寒季候。

Líng-té

Pak-hong khí
Un-tōo lȯh lâu-thui
Ná-tshiūnn gàn-kuè ping ê hái-hong
Sì-kè nǹg-phāng tsáu-tshuē tsûn-tíng sóo-ū ê khang-phāng
Khoo-si-á

Lâm-pîng lâi ê oo-lâu
Kì-tî lâm-pōo sio-juȧh ê jıt-thâu
Kâm tiȯh jiȧt-tài ê sio-lō
Lâi-kàu pak-hong líng-té ê sóo-tsāi

Tsuí-bīn kuânn tsuí-té un-luán

Tsûn-thâu lê-íng, tsıt-tsūn-tsūn
Phuah-khí-lâi phûn-bīn
Liȯh-liȯh-á un-luán tiȯh thó-hái-lâng
Bô-tē-bih ê kuânn-líng

遠

港喙口的駁岸*漸漸沉落水面
燈塔消失佇船尾滾絞的湧波中
山頭茫茫化作天邊的霧霧
這步踏出去
實的攏變作虛的

這步出去毋是幾个日出佮日落
是算袂了幾若个月圓佮月眉
幾若个春夏秋冬
此後,我的日時可能是你的暝時
咱的寒熱已經無仝
你看過的雲飛袂到我的天頂
思念生翼仔嘛飛袂到、泅袂到你的身邊

只好歌聲相牽
唱佇心內
一擺閣一擺
念著咱做伙唱過的彼首歌

*
駁岸———堤防。

⋯⋯⋯⋯⋯⋯⋯⋯⋯⋯⋯⋯⋯⋯⋯⋯⋯⋯⋯⋯⋯⋯⋯⋯⋯⋯⋯

離家遠航的思念心情。

Hng

Káng-tshuì-kháu ê poh-huānn tsiām-tsiām tîm-lóh tsuí-bīn
Ting-thah siau-sit tī tsûn-bué kún-ká ê íng-pho tiòng
Suann-thâu bông-bông huà-tsoh thinn-pinn ê bông-bū
Tsit-pōo táh-tshut-khì
Sit--ê lóng piàn-tsoh hi--ê

Tsit-pōo tshut-khì m̄-sī kuí-ê jit-tshut kah jit-lóh
Sī sǹg-bē-liáu kuí-nā-ê guéh-înn kah guéh-bâi
Kuí-nā-ê tshun-hā-tshiu-tang
Tshú-āu, guá ê jit-sî khó-lîng sī lí ê mê-sî
Lán ê kuânn-juáh í-king bô-kāng
Lí khuànn-kuè ê hûn pue bē kàu guá ê thinn-tíng
Su-liām senn sit-á mā pue-bē-kàu, siû-bē-kàu lí ê sin-pinn

Tsí-hó kua-siann sio-khan
Tshiùnn tī sim-lāi
Tsit-pái koh tsit-pái
Liam tióh lán tsò-hué tshiùnn--kuè ê hit-siú kua

厚變化

這搭是一个有可能嘛無可能的所在
有可能無閒半晡掠無半尾魚
可能目一瞬網著規厝間

海水厚過時間
水面比面皮較薄

有時溫柔若鏡
一變面　幔著風湧喝咻
即時兇狂起落
袂輸一波波滾絞的山崙

流若婿
海翁海豬仔　遮跳遐跳
有時規海埕透透
無影無跡
像一座
恬寂寂的空城

Kāu-piàn-huà

Tsit-tah sī tsit-ê ū-khó-lîng mā bô-khó-lîng ê sóo-tsāi
Ū-khó-lîng bô-îng puànn-poo liȧh bô puànn-bué hî
Khó-lîng bȧk-tsit-nih bāng tiȯh kui-tshù-king

Hái-tsuí kāu-kuè sî-kan
Tsuí-bīn pí bīn-phuê khah pȯh

Ū-sî un-jiû ná kiànn
Tsit pìnn-bīn mua tiȯh hong-íng huah-hiu
Tsik-sî hiong-kông khí-lȯh
Bē-su tsit-pho-pho kún-ká ê suann-lûn

Lâu nā suí
Hái-ang hái-ti-á tsia thiàu hia thiàu
Ū-sî kui-hái sėh-thàu-thàu
Bô-iánn bô-tsiah
Tshiūnn tsit tsō
Tiām-tsih-tsih ê khang-siânn

沉底

天未光
失覺察
跋落水底
天地烏暗
頂下倒反
嗾著水
毋過
海水軟略
無靠傷
無擦傷
四箍圍
烏暗清冷
水面那遠
沓沓仔沉落
轉去古早
轉去母身
無煩惱
無滾躘
沓沓仔沉落

有次作業不小心落海的感覺。

Tîm-té

Thinn buē-kng
Sit-kak-tshat
Puah-lóh tsuí-té
Thinn-tē oo-àm
Tíng-ē tò-píng
Tsak-tioh tsuí
M̄-koh
Hái-tsuí nńg-lioh
Bô-khò-siong
Bô-tshè-siong
Sì-khoo-uî
Oo-àm tshing-líng
Tsuí-bīn ná hñg
Tauh-tauh-á tîm--lóh
Tńg-khì kóo-tsá
Tńg-khì bó-sin
Bô huân-ló
Bô kún-liòng
Tauh-tauh-á tîm--lóh

放流*

等魚浮　等魚食餌　等魚鑿網
退離油門　佮 khu-lá-tsih*
聽候
暫停
瞌目歇睏
船隻放流

風佇吹
水咧流
船隻
飛風*
聽流*
敢若陷眠*
無人駛
家己行

*
放流————討海用語，指船隻怠速漂流狀態。
khu-lá-tsih—外來詞，源自 clutch（離合器）。
飛風————討海用語，指船隻被風吹動。
聽流————討海用語，指船隻被海流帶動。
陷眠————夢遊。

Pàng-lâu

Tán hî phû tán hî tsiah-jī tán hî tshak-bāng
Thè-lî iû-mn̂g kah khu-lá-tsih
Thìng-hāu
Tsiām-thîng
Kheh-bak hioh-khùn
Tsûn-tsiah pàng-lâu

Hong tī tshue
Tsuí teh lâu
Tsûn-tsiah
Pue-hong
Thiann-lâu
Kánn-ná hām-bîn
Bô-lâng sái
Ka-kī kiânn

海尾

北風起
年冬倚底
一日風大過
一日湧
風大湧粗
一時雨
一陣冷
天氣落崁
冷底了後
生冷當值
出海著閃縫
討趁看時機

Hái-bué

Pak-hong khí
Nî-tang uá té
Tsit-jit hong tuā kuè
Tsit-jit íng
Hong-tuā íng-tshoo
Tsit-sî hōo
Tsit-tsūn líng
Thinn-khì lỏh-khàm
Líng-té liáu-āu
Tshenn-líng tong-tit
Tshut-hái tiỏh làng-phāng
Thó-thàn khuànn sî-ki

相約

秋風剾割
海面白湧起波
中秋過了
丁挽來到東爿深海
和鏢船相約
海底拚輸贏

丁挽喙尖若劍
速度若流掣
鏢船攑著三叉鏢*
出港揣個車拚

丁挽靠勢風水
船頭聳鬚
鏢船挵湧拍霆戰鼓
綴咧逐

烏雲垂落海面
風聲喝咻

*
三叉鏢──鏢獵旗魚用的三叉魚鏢。

Sio-iok

Tshiu-hong khau-kuah
Hái-bīn pe̍h-íng khí-pho
Tiong-tshiu kuè-liáu
Ting-bán lâi-kàu tang-pîng tshim-hái
Hām pio-tsûn sio-iok
Hái-té piànn-su-iânn

Ting-bán tshuì-tsiam ná kiàm
Sok-tō ná lâu-tshuah
Pio-tsûn gia̍h-tio̍h sam-tshe-pio
Tshut-káng tshuē in tshia-piànn

Ting-bán khò-sè hong-suí
Tsûn-thâu tshàng-tshiu
Pio-tsûn lòng-íng phah tân tsiàn-kóo
Tuè-leh jiok

Oo-hûn suî-lo̍h hái-bīn
Hong-siann huah-hiu

油鯃*

你蹛佇一、二千公尺深的崁底
遐暗無天日
遐水溫冰冷
遐水壓超過水面幾若百倍
沫水一段時間
你著愛浮出水面喘氣

每一擺海面相拄
足想欲問你
崁底烏暗　浮面光爍
水面燒烙　沉底冰寒
你按呢浮浮沉沉
身軀擔著千斤萬斤的壓力變化
是按怎選擇這款深沉
浮淺的方式
過日子

是按怎按呢凌遲家己

*
油鯃 ——討海人稱喙鯨為油鯃。

Îu-gōo

Lí tuà tī tsit,nn̄g tshing kong-tshioh tshim ê khàm-té
Hia àm-bô-thinn-ji̍t
Hia tsuí-un ping-líng
Hia tsuí-ap tshiau-kuè tsuí-bīn kuí-nā-pah-puē
Bī tsuí tsi̍t-tuānn sî-kan
Lí tio̍h-ài phû-tshut tsuí-bīn tshuán-khuì

Muí-tsi̍t-pái hái-bīn sio-tú
Tsiok siūnn-beh mn̄g-lí
Khàm-té oo-àm phû-bīn kng-sih
Tsuí-bīn sio-lō tîm-té ping-kuânn
Lí án-ne phû-phû-tîm-tîm
Sin-khu tann-tio̍h tshian-kin-bān-kin ê ap-li̍k piàn-huà
Sī-án-tsuánn suán-ti̍k tsit-khuán tshim-tîm
Phû-tshián ê hong-sik
Kuè ji̍t-tsí

Sī-án-tsuánn án-ne lîng-tî ka-kī

流巡*

兩爿所有的差別
海面搝一逝彎彎曲曲的流巡
相合界
面腔、志向、性地、寒熱、緊慢
海風吹著兩爿無仝款的皺痕
抹來揀去
無欲相讓

冤家的喙波
湧來溢去
攏集中佇水面這逝
流巡
流界
流隔仔

*
流巡 ——討海人用語，指海流交界線，也稱流界、流隔仔，
　　　兩邊海流推擠，流界線上頭常堆聚灰白色泡沫。

Lâu-sûn

Nn̄g-pîng sóo-ū ê tsha-piat
Hái-bīn khiú tsit-tsuā uan-uan-khiau-khiau ê lâu-sûn
Sio-kap-kài
Bīn-tshiunn, tsì-hiòng, sìng-tē, kuânn-juah, kín-bān
Hái-hong tshue tioh nn̄g-pîng bô-kāng-khuán ê jiâu-hûn
Tu-lâi sak-khì
Bô-beh sio-niū

Uan-ke ê tshuì-pho
Íng-lâi-ik-khì
Lóng tsip-tiong tī tsuí-bīn tsit-tsuā
Lâu-sûn
Lâu-kài
Lâu-keh-á

上岸

上岸彼一日
天袂光我徛踮駕駛台
額頭靠佇窗前
等待天光
等待今仔日欲倚靠的岸
浮出暗暝，浮出水面

駕駛台扞舵仔的船長再三保證
天色拍殕就會當看著遠遠
浮咧船頭的港岸

我心內躊躇
無把握我離開時的岸
是毋是猶原存在？
是毋是仝款鬧熱？
毋敢確定我思念的人
是毋是猶原咧等我上岸？

離開太久，擔心原來的世界是否存在，擔心掛念的人，是否心意仍然。

Tsiūnn-huānn

Tsiūnn-huānn hit-tsit-jit
Thinn buē-kng guá khiā tiàm kà-sú-tâi
Hiah-thâu khò tī thang-tsîng
Tán-thāi thinn-kng
Tán-thāi kin-á-jit beh uá-khò ê huānn
Phû-tshut àm-mê, phû-tshut tsuí-bīn

Kà-sú-tâi huānn tō-á ê tsûn-tiúnn tsài-sann pó-tsìng
Thinn-sik phah-phú tō ē-tàng khuànn-tioh hn̄g-hn̄g
Phû teh tsûn-thâu ê káng-huānn

Guá sim-lāi tiû-tû
Bô-pá-ak guá lî-khui sî ê huānn
Sī-m̄-sī iu-guân tsûn-tsāi?
Sī-m̄-sī kāng-khuán lāu-jiat?
M̄-kánn khak-tīng guá su-liām ê lâng
Sī-m̄-sī iu-guân teh tán guá tsiūnn-huānn?

循山*

內頭㧡一葩青燈旗作號
東南勢趨趨向外放翏
盡尾落一蕊紅燈*照旗*收束

外海流透
規座掃翏像時鐘倒躉
內頭慢,外口緊
外頭的紅燈北勢超車內面的青燈

一直到規座漁網北紅南青
直直循山
閘袂著南北向的過路魚仔

船長攃手落令
起翏!*

---

*
循山————討海人用語,指落海的漁網因海流強弱關係逐
　　　　　漸與岸緣平行。
紅燈、青燈—放網時,網具靠岸這頭以綠燈為記,離岸那頭
　　　　　繫紅燈。
照旗————討海人用語,指魚具頭尾兩端站立水面桿尾點
　　　　　著燈的漁具標示。
起翏————討海人用語,指收網。

Sūn-suann

Lāi-thâu khiā tsit-pha tshinn-ting-kî tsoh hō
Tang-lâm-sì tshu-tshu hiòng guā pàng-lîng
Tsīn-bué lȯh tsit-luí âng-ting tsiò-kî siu-sok

Guā-hái lâu thàu
Kui-tsō sàu-lîng tshiūnn sî-tsing tó-sėh
Lāi-thâu bān, guā-kháu kín
Guā-thâu ê âng-ting pàk-sì tshiau-tshia lāi-bīn ê tshinn-ting

It-tit kàu kui-tsō hî-bāng pak-âng lâm-tshinn
Tı̍t-tı̍t sūn-suann
Tsa̍h-bē-tio̍h lâm-pak-hiòng ê kuè-lōo-hî-á

Tsûn-tiúnn ia̍t-tshiú lo̍h-līng
Khí-lîng!

魚櫼

闊身　細目　嘟喙脣
體型像魚仔剁一櫼賰頂半身
討海人叫伊
魚櫼

性地溫馴
勻勻仔漂　沓沓仔泅
閒閒無爭
愛食海蛇仔
嘛有人叫伊
蛇魚

假尾若裙　長鰭若大槳搖櫓
動作浪漫
形體古錐
日本人共號名
曼波

定定半麗佇水面曝日頭
真濟人叫伊
反車魚

Hî-kueh

Khuah-sin sè-bak tū-tshuì-tûn
Thé-hîng tshiūnn hî-á tok tsit-kueh tshun tíng-puànn-sin
Thó-hái-lâng kiò in
Hî-kueh

Sìng-tē un-sûn
Ûn-ûn-á phiau tauh-tauh-á siû
Îng-îng bô tsenn
Ài tsiah hái-thē-á
Mā ū-lâng kiò in
Thē-hî

Ké-bué ná kûn tng-kî ná tuā-tsiúnn iô-lóo
Tōng-tsok lōng-bān
Hîng-thé kóo-tsui
Jit-pún-lâng kā hō-miâ
Bàn-poh

Tiānn-tiānn puànn-the tī tsuí-bīn phak-jit-thâu
Tsin-tsē-lâng kiò in
Píng-tshia-hî

風流

幾若擺作業時拄著
風透流行的狀況
老船長講
風那透流那行

順風順流
會當理解
風流相幔相毛
做伙行

風流若相犯
風狂對衝掣流
副過我的面,搦著你的身
摸摸搦搦
無欲相讓
請問船長按怎解說

老船長笑笑回一句
看予開闊

海上常遇到風向和流向相衝突,但風速和流速並未因而相抵銷的情況。

Hong-lâu

Kuí-nā-pái tsok-gia̍p sî tú-tio̍h
Hong thàu lâu kiânn ê tsōng-hóng
Lāu-tsûn-tiúnn kóng
Hong-ná-thàu lâu-ná-kiânn

Sūn-hong sūn-lâu
Ē-tàng lí-kái
Hong lâu sio-mua sio-tshuā
Tsò-hué kiânn

Hong lâu nā sio-huān
Hong kông tuì-tshiong tshuah-lâu
Khau-kuè guá ê bīn, la̍k-tio̍h lí ê sin
Khiú-khiú-la̍k-la̍k
Bô-beh sio-niū
Tshiánn-mn̄g tsûn-tiúnn án-tsuánn kái-sueh

Lāu-tsûn-tiúnn tshiò-tshiò huê tsi̍t-kù
Khuànn hōo khui-khuah

等

魚仔覗佇目睭看袂著的
水面下
討海只好用想的
個佇佗位？
個咧創啥？
個食飽未？
只好用感覺
感覺個佇遮
感覺個佇遐
只好用等的
等個來食餌
等個來鑿網*

*
魚仔鑿網——討海人用語，指魚隻刺纏在漁網上。

Tán

Hî-á bih tī ba̍k-tsiu khuànn-bē-tio̍h ê
Tsuí-bīn-ē
Thó-hái tsí-hó iōng siūnn--ê
In tī tó-uī?
In teh tshòng-sánn?
In tsia̍h-pá-buē?
Tsí-hó iōng kám-kak
Kám-kak in tī tsia
Kám-kak in tī hia
Tsí-hó iōng tán--ê
Tán in lâi tsia̍h-jī
Tán in lâi tsha̍k-bāng

袂按算

退離船邊二十隻曲疕鯃*鬧熱了後
海天曠闊南風微微水波閃爍
天頂白雲千變萬化

線索恬靜
連紲兩點外鐘的空轉走揣
恐驚又閣是一逝頭前鬧熱
後壁稀微的無尾航程

毋過
咱已經來到離岸真遠的所在
船邊的任何發現
有可能是這世人頭一擺搪著的風景

欲無？
用時間、用空等、用稀微、用疏遠
來兌換袂得通按算
的大歡喜

*
曲疕鯃 —— 討海人稱領航鯨為曲疕鯃。

形容海上尋鯨常遇到的情況。

Bē-àn-sǹg

Thè-lî tsûn-pinn jī-tsa̍p tsiah khiau-ku-gôo lāu-jia̍t liáu-āu
Hái-thinn khòng-khuah lâm-hong bî-bî tsuí-pho siám-sih
Thinn-tíng pe̍h-hûn tshian-piàn-bān-huà

Suànn-soh tiām-tsīng
Liân-suà nn̄g-tiám-guā-tsing ê khang-tsuán tsáu-tshuē
Khióng-kiann iū-koh-sī tsi̍t-tsuā thâu-tsîng lāu-jia̍t
Āu-piah hi-bî ê bô-bué hâng-tîng

M̄-koh
Lán í-king lâi-kàu lî-huānn tsin hn̄g ê sóo-tsāi
Tsûn-pinn ê jīm-hô huat-hiān
Ū-khó-lîng sī tsit-sì-lâng thâu-tsit-pái tn̄g--tio̍h ê hong-kíng

Beh-bô?
Iōng sî-kan, iōng khang-tán, iōng hi-bî, iōng soo-uán
Lâi tuī-uānn bē-tit-thang àn-sǹg
ê tuā-huann-hí

飛烏

衝出水面
展翼一飛規百公尺
頭一擺拄著，掠準是海鳥仔
看斟酌，明明是一尾飛佇水面的魚仔
好好水底毋蹛，飛出水面迌迌？
原來是船隻摔湧，伊叫是飛烏虎接近
趕緊傱出水面
兇狂逃命
總是閣較勢飛嘛著禁氣
閣較勢飛，最後嘛著
倒轉來飛烏虎原在的水底

Pue-oo

Tshiong tshut tsuí-bīn
Thián-sit tsit-pue kui-pah-kong-tshioh
Thâu-tsit-pái tú-tioh, liah-tsún-sī hái-tsiáu-á
Khuànn tsim-tsiok, bîng-bîng sī tsit-bué pue tī tsuí-bīn ê hî-á
Hó-hó tsuí-té m̄ tuà, pue tshut tsuí-bīn tshit-thô?
Guân-lâi sī tsûn-tsiah siàng-íng, in kiò-sī pue-oo-hóo tsiap-kīn
Kuánn-kín tsông-tshut tsuí-bīn
Hiong-kông tô-miā
Tsóng-sī koh-khah gâu pue mā tioh kìm-khuì
Koh-khah gâu pue, tsuè-āu mā tioh
Tò-tńg-lâi pue-oo-hóo guân-tsāi ê tsuí-té

寄話

大海中有緣相拄
恁身長超過十米
六隻一陣
倚倚倚船身相閃
阮向西,恁看東
海中央這个所在
上近的岸
離咱至少半個月航程
家鄉佇我船尾幾若千公里外
毋知恁欲去佗位
敢會當拜託
勞煩寄一句話予故鄉的伊
共伊講,
我航程平安
日日思念

遠航途中遇巨鯨,想託牠們帶話回家鄉。

Kià-uē

Tuā-hái-tiòng ū-iân sio-tú
Lín sin-tn̂g tshiau-kuè tsa̍p-bí
La̍k-tsiah tsi̍t-tīn
Uá-uá kah tsûn-sin sio-siám
Gún ǹg sai, lín khuànn tang
Hái tiong-ng tsi̍t-ê sóo-tsāi
Siōng-kīn ê huānn
Lî lán tsì-tsió puànn-kò-gue̍h hâng-tîng
Ka-hiong tī guá tsûn-bué kuí-nā-tshing kong-lí guā
M̄-tsai lín beh khì tó-uī
Kám ē-tàng pài-thok
Lâu-huân kià tsi̍t-kù-uē hōo kòo-hiong ê i
Kā i kóng,
Guá hâng-tîng pîng-an
Ji̍t-ji̍t su-liām

風颱的頭鬃

綴著風颱轉踅
捾出駁頭邊
飄撇相牽的毛繏
敢若天頂輕軟的頭鬃

弄湧跤的時
攑懸懸的湧聳面頂
一絲絲若獅仔受氣的頭鬃

天頂的風颱雲
岸邊的風颱湧
風颱的懸低兩款 siat-tooh*。

---

*
siat-tooh——外來詞,做頭髮或造型之意,源自日語セット(setto)。

Hong-thai ê thâu-tsang

Tuè-tiòh hong-thai tńg-sèh
Hiù-tshut poh-thâu pinn
Phiau-phiat sio-khan ê môo-sui
Kánn-ná thinn-tíng khin-nńg ê thâu-tsang

Lāng-íng-kha ê sî
Giàh-kuân-kuân ê íng-sōng bīn-tíng
Tsit-si-si ná sai-á siū-khì ê thâu-tsang

Thinn-tíng ê hong-thai-hûn
Huānn-pinn ê hong-thai-íng
Hong-thai ê kuân-kē nn̄g-khuán siat-tooh.

暝流

半暝落緄*拍殕收
毋是驚曝日
嘛毋是趁暝時魚仔看無
好瞞騙

討海人講
人食嗾婿,魚食流水*

天暗了後,真濟種魚仔
對深海浮起來淺海
毋是無愛深海稀微的冷清
為著討食
個浮起來淺海食暝流

有天時閣有天氣
阮就半暝出帆
拚暝流

*
落緄　————————　討海人用語,指延繩釣。
人食嗾婿,魚食流水——討海人俗諺。意指人愛聽好話,
　　　　　　　　　　魚愛跟流水。

Mê-lâu

Puànn-mê lȯh-kún phah-phú siu
M̄-sī kiann phȧk-jı̍t
Mā-m̄-sī thàn mê--sî hî-á khuànn-bô
Hó muâ-phiàn

Thó-hái-lâng kóng
Lâng tsia̍h tshuì-suí, hî tsia̍h lâu-tsuí

Thinn àm liáu-āu, tsin-tsē-tsióng hî-á
Tuì tshim-hái phû-khí-lâi tshián-hái
M̄-sī bô-ài tshim-hái hi-bî ê líng-tshing
Uī-tio̍h thó-tsia̍h
In phû-khí-lâi tshián-hái tsia̍h mê-lâu

Ū thinn-sî koh ū thinn-khì
Gún tō puànn-mê tshut-phâng
Piànn mê-lâu

歇睏

大地動了後閣一擺開船來看你
白雲遮面,掩崁著你受傷的痕跡
文文海風順著你坎坎坷坷的疤跡
來來去去

知影你受傷
知影你咧歇睏
知影你完全恢復至少
幾若回三冬五冬

每一擺來
我的船停踮岸邊恬恬看你
看你歇睏
等你好起來

2024 年 4 月 3 日花蓮大地震,清水斷崖嚴重崩塌。好幾次開船來崖下探望。

Hioh-khùn

Tuā-tē-tāng liáu-āu koh tsit-pái khui-tsûn lâi khuànn-lí
Pe̍h-hûn jia-bīn, am-khàm-tio̍h lí siū-siong ê hûn-jiah
Bûn-bûn hái-hong sūn-tio̍h lí khám-khám-khia̍t-khia̍t ê khî-jiah
Lâi-lâi-khì-khì

Tsai-iánn lí siū-siong
Tsai-iánn lí teh hioh-khùn
Tsai-iánn lí uân-tsuân hue-ho̍k tsì-tsió
Kuí-nā-huê sann-tang-gōo-tang

Muí-tsi̍t-pái lâi
Guá ê tsûn thîng tiàm huānn-pinn tiām-tiām khuànn lí
Khuànn lí hioh-khùn
Tán lí hó-khí-lâi

混群*

甘願抑是歡喜
做伙無需要理由
毋管你大尾我小隻
我拍殕色你烏嚕嚕
只要
好性地
糜爛性
好鬥陣
嘛有可能
相欠債
抑是天註定
大海闊莽莽
有緣熟識
相濫
做伙泅

*
混群 ——— 專有名詞，專指鯨豚不同種但游在一起的行爲。

Tsò-hué siû

Kam-guān iȧh-sī huann-hí
Tsò-hué bô-su-iàu lí-iû
M̄-kuán lí tuā-bué guá sè-tsiah
Guá phah-phú-sik lí oo-lu-lu
Tsí-iàu
Hó-sìng-tē
Mī-nuā-sìng
Hó tàu-tīn
Mā ū-khó-lîng
Sio-khiàm-tsè
Iȧh-sī thinn tsù-tiānn
Tuā-hái khuah-bóng-bóng
Ū-iân sik-sāi
Sio-lām
Tsò-hué siû

經過

山頭、燈塔、田園、樹椏、鼻頭*
罩著雺霧
綴船邊經過
慢慢徙位
知影是天邊海角
知影是遠洋行船罕得倚岸的機會

是佗位的岸？
看有食無
心情按怎起落
干焦會當看著岸邊景色恬恬經過
像慢速的流星
畫一逝光經過天頂

以後是毋是有機會
對岸埔來到這段行船捌經過的天邊海角
看著船隻經過
看著甲板頂神神通過這段海岸的家己

*
鼻頭──討海人用語，指鼻岬。

远航時，通過近岸點的心情。

King-kuè

Suann-thâu, ting-thah, tshân-hn̂g, tshiū-ue, phīnn-thâu
Tà-tio̍h bông-bū
Tuè tsûn-pian king-kuè
Bān-bān suá-uī
Tsai-iánn sī thinn-pinn hái-kak
Tsai-iánn sī uán-iûnn kiânn-tsûn hán-tit uá-huānn ê ki-
huē

Sī tó-uī ê huānn?
Khuànn-ū tsia̍h-bô
Sim-tsîng án-tsuánn khí-lo̍h
Kan-na ē-tàng khuànn-tio̍h huānn-pinn kíng-sik tiām-
tiām king-kuè
Tshiūnn bān-sok ê liû-tshinn
Uē tsit-tsuā kng king-kuè thinn-tíng

Í-āu sī-m̄-sī ū ki-huē
Tuì huānn-poo lâi-kàu tsit-tuānn kiânn-tsûn bat king-kuè
ê thinn-pinn hái-kak
Khuànn-tio̍h tsûn-tsiah king-kuè
Khuànn-tio̍h kah-pán-tíng sîn-sîn thong-kuè tsit-tuānn
hái-huānn ê ka-kī

飛烏鳥*

漁船嚇驚抑是閃避飛烏虎追殺
一旦飛出水面
風水照輪
飛烏　飛來阮插手的地頭
敨身翹翼
相準準
對天頂攕落海面
佮飛佇水面的飛烏
佮水底泅的飛烏虎
比速度
比才調

阮心頭拍鼓
喙尖若劍
心內知影薄薄一重水面合界
空軍佮海軍
一爿逃命
二爿相爭

*
飛烏鳥——討海人稱鰹鳥為飛烏鳥，善於獵食飛在海面的飛魚。

Pue-oo-tsiáu

Hî-tsûn heh-kiann iȧh-sī siám-pī pue-oo-hóo tui-sat
It-tàn pue-tshut tsuí-bīn
Hong-suí tsiàu-lûn
Pue-oo pue-lâi guán tshap-tshiú ê tē-thâu
Khi-sin khiàu-sit
Siòng-tsún-tsún
Tuì thinn-tíng tshiám-lȯh hái-bīn
Kah pue tī tsuí-bīn ê pue-oo
Kah tsuí-té siû ê pue-oo-hóo
Pí sok-tōo
Pí tsâi-tiāu

Guán sim-thâu phah-kóo
Tshuì-tsiam ná kiàm
Sim-lāi tsai-iánn pȯh-pȯh tsı̇t-tı̂ng tsuí-bīn kap-kài
Khong-kun kah hái-kun
Tsı̇t-pîng tô-miā
Nn̄g-pîng sio-tsenn

慢落來

海面闊莽莽千里萬里由在行
一直甲
看著台灣才慢落來
看！
青青彼座山重重疊疊
銅牆鐵壁南北四百公里
罕得拄著遮爾懸
遮爾勇壯的島嶼

踅過？
抑是攢攢共衝起去？

踅過兩全
面對懸閣勇的山脈
衝碰拚起去恐驚魂魄四散
只好慢落來
跙踞沿海躊躇

以颱風視角，想像接近台灣時慢下來的原因。

Bān--lȯh-lâi

Hái-bīn khuah-bóng-bóng tshian-lí bān-lí iû-tsāi-kiânn
It-tit kah
Khuànn-tiȯh Tâi-uân tsiah bān--lȯh-lâi
Khuànn!
Tshinn-tshinn hit-tsō suann tîng-tîng-thȧh-thȧh
Tâng-tshiûnn thih-piah lâm-pak sì-pah-kong-lí
Hán-tit tú-tiȯh tsiah-nī kuân
Tsiah-nī ióng-tsòng ê tó-sū

Sȧh--kuè?
Iȧh-sī tshuân-tshuân kā tshiong--khí-lih?

Sȧh-kuè lióng-tsuân
Bīn-tuì kuân koh ióng ê suann-mȧh
Tshiong-pōng lòng--khí-lih khióng-kiann hûn-phik sì-suànn
Tsí-hó bān-lȯh-lâi
Khû-tiàm iân-hái tiû-tû

期待

每一擺出海
人生仝款攏抱著期待
毋知這擺船邊會浮出
啥物故事*

你沬踮水底
知影我開船經過
想欲探頭拍招呼
嘛想欲佮我覕相揣

船仔浮佇水面
我的期待只好綴著船
規海瑯瑯踅

*
啥物故事──尋鯨計畫速寫。

Kî-thāi

Muí-tsit-pái tshut-hái
Jîn-sing kāng-khuán lóng phō-tiȯh kî-thāi
M̄-tsai tsit-pái tsûn-pinn ē phû-tshut
Siánn-mih kòo-sū

Lí bī tiàm tsuí-té
Tsai-iánn guá khui-tsûn king-kuè
Siūnn-beh thàm-thâu phah-tsio-hoo
Mā-siūnn-beh kah guá bih-sio-tshuē

Tsûn-á phû tī tsuí-bīn
Guá ê kî-thāi tsí-hó tuè-tiȯh tsûn
Kui-hái lōng-lōng-seȧh

選擇

選擇討海
心內知影這步蹽落去
免不了坎坷
若船隻浮沉起落
三分浪漫
七分現實
有可能
一步差
步步差
幾若擺眩船覆佇船墘生嘔*
不如死較快活
幾若擺舵公*看袂過搖頭講我
啊,行毋知路
行討海這途

*
生嘔 —— 嘔吐。
舵公 —— 討海人用語,指船長。

Suán-tik

Suán-tik thó-hái
Sim-lāi tsai-iánn tsit-pōo liâu-lóh-khì
Bián-put-liáu khám-khiàt
Ná tsûn-tsiah phû-tîm khí-lóh
Sann-hun lōng-bān
Tshit-hun hiān-si̍t
Ū-khó-lîng
Tsi̍t-pōo tsha
Pōo-pōo tsha
Kuí-nā-pái hîn-tsûn phak tī tsûn-kînn tshenn-áu
Put-jû sí khah-khuìnn-uah
Kuí-nā-pái tāi-kong khuànn-bē-kuè iô-thâu kóng-guá
Ah, kiânn-m̄-tsai-lōo
Kiânn thó-hái tsit-tôo

遠航

日出船頭
日斜船尾
一工過了一工
時間濟過船邊的海水
天色飛佇水面
思念的人
綴著海風
化作天邊彼條永遠
逐袂著的
起落

Uán-hâng

Ji̍t-tshut tsûn-thâu
Ji̍t-tshiâ tsûn-bué
Tsi̍t-kang kuè-liáu tsi̍t-kang
Sî-kan tsē-kuè tsûn-pinn ê hái-tsuí
Thinn-sik pue tī tsuí-bīn
Su-liām ê lâng
Tuè-tio̍h hái-hong
Huà-tsok thinn-pinn hit-tiâu íng-uán
Jiok-bē-tio̍h ê
Khí-lo̍h

天邊的目眉
Thinn-pinn ê ba̍k-bâi

看世界的方法 285

作者	廖鴻基	發行人兼社長	許悔之
內頁插畫	Olbee	總編輯	林煜幃
文字及羅馬音協助	Mina、陳妙如	設計總監	吳佳璘
責任編輯	羅凱瀚	企劃主編	蔡旻潔
裝幀設計	吳佳璘	行政主任	陳芃妤
錄音與剪輯	林煜幃	編輯	羅凱瀚

藝術總監 ——— 黃寶萍
策略顧問 ——— 黃惠美・郭旭原・郭思敏・郭孟君・劉冠吟
顧問 ——— 施昇輝・宇文正・林志隆・張佳雯
法律顧問 ——— 國際通商法律事務所・邵瓊慧律師

出版 ——— 有鹿文化事業有限公司
臺北市大安區信義路三段106號10樓之4
T. 02-2700-8388 | F. 02-2700-8178
www.uniqueroute.com | M. service@uniqueroute.com

製版印刷 ——— 沐春行銷創意有限公司

總經銷 ——— 紅螞蟻圖書有限公司
臺北市內湖區舊宗路二段121巷19號
T. 02-2795-3656 | F. 02-2795-4100 | www.e-redant.com

ISBN ——— 978-626-7603-30-7   定價 ——— 350元
初版 ——— 2025年5月   版權所有・翻印必究

天邊的目眉 / 廖鴻基著 — 初版. — 臺北市:有鹿文化 2025.5 面;公分—(看世界的方法;285)
台語版 ISBN 978-626-7603-30-7(平裝)   863.51............114005208

讀者線上回函   更多有鹿文化訊息